Chouette Maternelle

Petite Section
3-4 ans

activités de MATHS

Évelyne Barge
Marco Overzee
professeurs des écoles

Écris ton prénom :

....

Hatier

Présentation

Ce cahier aidera votre enfant à consolider ses acquis en **maths** durant toute son année de **Petite Section de maternelle.** Chaque chapitre propose de travailler sur l'un des 4 domaines d'apprentissage suivants :

Nombres	Quantités	Formes et grandeurs	Espace et temps

Conseil parents

Demandez à votre enfant ce que nous avons par deux dans le corps : deux yeux, deux oreilles, deux mains, deux pieds...

■ Au début de chaque page, un **Conseil parents** vous donnera une information pour vous aider à accompagner votre enfant dans ses apprentissages : un conseil pratique, une astuce, une idée d'activité à faire avec lui ou des exemples à prendre dans la vie quotidienne...

■ Les **exercices** font assimiler et mémoriser l'essentiel des connaissances que votre enfant doit avoir acquis au cours de cette année scolaire : lire et écrire les chiffres, compter jusqu'à 5, reconnaitre des formes, se repérer dans l'espace.

■ Certaines activités nécessitent l'utilisation d'**autocollants** (situés au centre de l'ouvrage) qui favorisent l'apprentissage de façon ludique.

■ Votre enfant pourra colorier la chouette lorsqu'il aura réussi les activités de la page.

Cet ouvrage est conforme à la nouvelle orthographe
www.orthographe-recommandee.info

■ Dans ce cahier, certains mots sont écrits selon les prérogatives du Ministère de l'Éducation nationale, recommandant d'appliquer **la nouvelle orthographe**. Par exemple, le mot « goûter » devra dorénavant s'écrire « gouter » ou encore le mot composé « des après-midi » s'écrira au pluriel « des après-midis ».

■ Sur la dernière page de ce cahier, votre enfant trouvera un **Mémo** pour l'aider à bien mémoriser les nombres et les quantités jusqu'à 5.

© Hatier, 8 rue d'Assas, 75006 Paris – 2021 – ISBN : 978-2-401-07789-8
Conception graphique : Frédéric Jély • Édition : Anne-Sophie Cayrey • Mise en page : Nadine Aymard
Illustrations : Frédéric Rébéna • Chouettes : Adrien Siroy.

IMPRIM'VERT — Votre imprimeur agit pour l'environnement

Achevé d'imprimer en France par Imprimerie IPS
Dépôt légal : 07789-8/01 - Mars 2021

Sommaire

Reportez la date à laquelle votre enfant a fini chaque page pour visualiser facilement sa progression en maths tout au long de son année de Petite Section.

nombres

1

Le chiffre 1

Conseil parents

Vous pouvez aider votre enfant à repasser plusieurs fois avec son index sur le modèle du chiffre 1. Ainsi, il se construira physiquement l'image mentale du 1.

1 Entoure tous les chiffres **1** cachés dans le dessin.

2 Passe ton doigt sur le chiffre **jaune**, puis écris **1**.

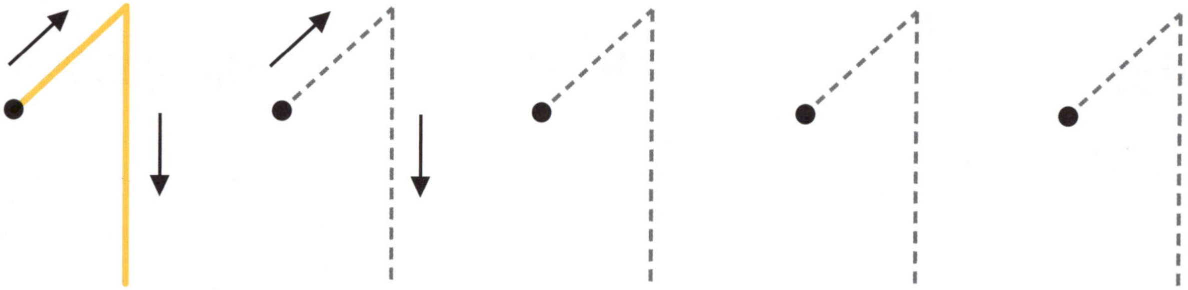

2

Reconnaitre la quantité 1

Conseil parents

Demandez à votre enfant s'il voit sur l'image d'autres animaux uniques : un papillon, un lapin.

1 Colorie l'arbre sur lequel se trouve **1** seule chouette.

3 Trier des objets selon leur forme

Conseil parents

Prenez quelques objets du quotidien et demandez à votre enfant de mettre dans une boite ce qui est pointu, comme un crayon par exemple. Faites-lui sentir délicatement le bout piquant.

1 Barre tout ce qui est pointu sur la table.

4 Sur / sous

Conseil parents

Vous pouvez jouer avec votre enfant à « Jacques a dit » : « Jacques a dit : mets-toi sur le lit, sous le bureau, sur la chaise, sous la couette. »

1 Colle les poires vertes sur l'arbre et les poires jaunes tombées sous l'arbre.

nombres

5

Le chiffre 2

Conseil parents

En promenade, invitez votre enfant à vous montrer le chiffre 1 et le chiffre 2 sur des plaques d'immatriculation ou des étiquettes de prix, et faites-lui nommer les chiffres reconnus.

1 Colorie en **bleu** les parties du dessin où tu vois le chiffre **1** et en **jaune** celles où tu vois le chiffre **2**.

2 Passe ton doigt sur le chiffre **rouge**, puis écris **2**.

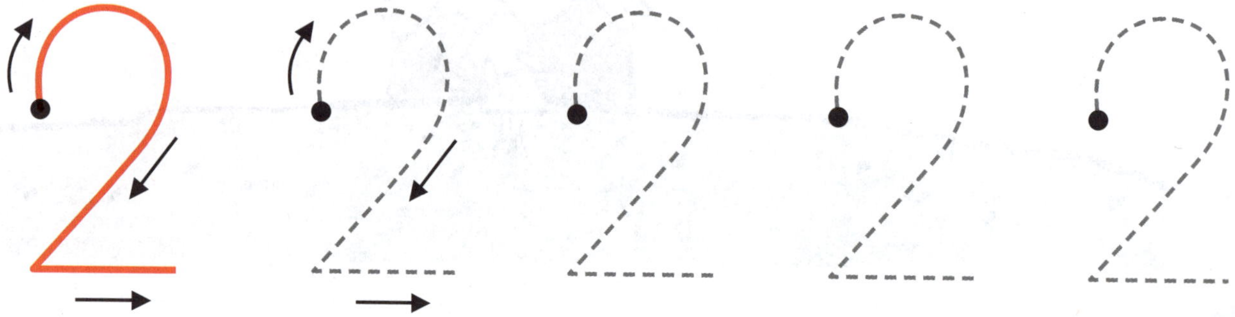

6 Reconnaitre la quantité 2

Conseil parents

Demandez à votre enfant ce que nous avons par deux dans le corps : deux yeux, deux oreilles, deux mains, deux pieds…

1 Quand il y a **1** boule, colle la boule de glace **jaune citron**.
Quand il y en a **2**, colle les boules de glace **vert pistache**.

Reconnaitre le cercle

Conseil parents

Demandez à votre enfant de vous apporter trois objets ronds trouvés dans la maison.

1 Colorie seulement les cercles dans le dessin.

8 Intérieur / extérieur

Conseil parents

Posez la question à votre enfant : que vois-tu à l'intérieur de la maison ? Et à l'extérieur ?

1 Colle une bouée sur chaque enfant qui se trouve à l'intérieur de la piscine. Colle une serviette à côté de chaque enfant situé à l'extérieur de celle-ci.

nombres

9

Le chiffre 3

Conseil parents

En promenade, regardez ensemble les numéros des habitations. Le jeu : votre enfant doit vous prévenir dès qu'il voit le chiffre 3.

1 Termine les pétales des fleurs. Quel chiffre vois-tu apparaitre ?

2 Passe ton doigt sur le chiffre **rose**, puis écris **3**.

quantités

10 Compter jusqu'à 3

Conseil parents

Pour aider votre enfant, posez trois vrais bonbons sur cette page afin qu'il les manipule et trouve les réponses.

1 Colorie seulement les sacs où se trouvent **3** bonbons.

11 Compléter un puzzle avec un modèle

Conseil parents

Si votre enfant est en difficulté, faites-lui remarquer le nombre de points sur le morceau manquant.

1 Cherche et montre le morceau qui manque à la coccinelle.
Prends-le ensuite dans ta planche d'autocollants et colle-le au bon endroit.

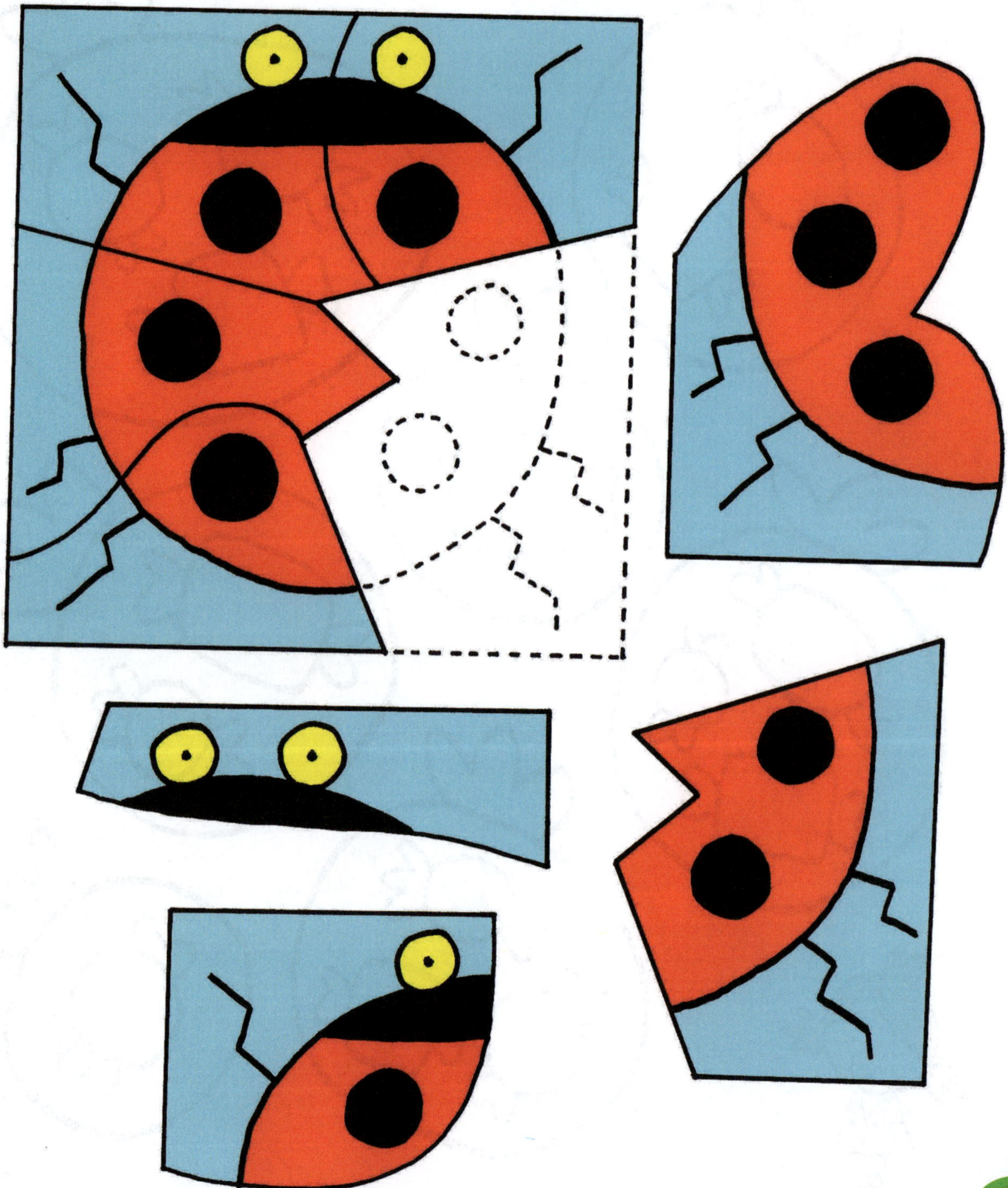

12 En haut / en bas

Conseil parents

Faites observer votre enfant par la fenêtre ou autour de lui. Que voit-il en haut ? Que voit-il en bas ?

1 Dessine un enfant en haut du toboggan et son ballon en bas.

13 Le chiffre 4

Conseil parents

Collez plusieurs Post-it au mur, comportant les chiffres 1, 2, 3 et 4. Demandez à votre enfant de décrocher seulement ceux où est écrit le chiffre 4.

1 Colorie les bulles de savon qui contiennent le chiffre **4**.

2 Passe ton doigt sur le chiffre **vert**, puis écris **4**.

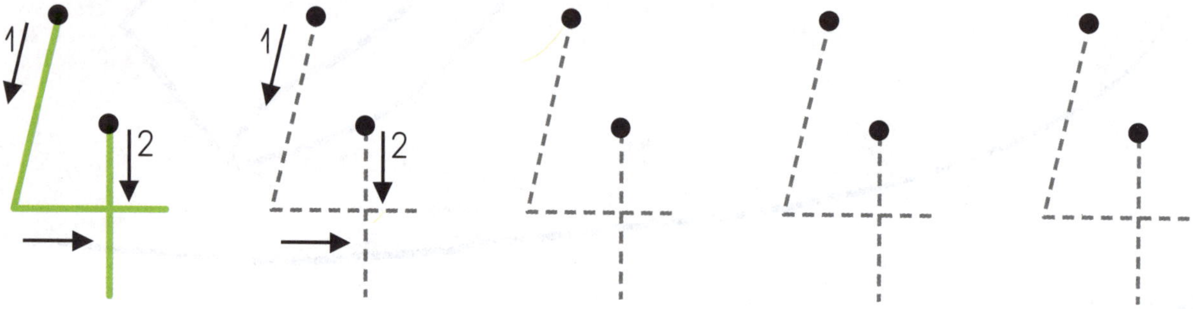

quantités

14 Compter jusqu'à 4

Conseil parents

Sur une tartelette où se trouvent plusieurs fraises, votre enfant peut les compter avec un doigt différent. Cela lui permet de visualiser le nombre d'éléments grâce aux doigts dépliés.

1 Entoure les tartelettes sur lesquelles tu vois **4** fraises.

Comparer des contenances

Conseil parents

Dans le bain, votre enfant peut jouer à transvaser de l'eau dans des gobelets, des flacons de gel douche ou des grandes bouteilles d'eau. Faites-lui remarquer que la grande bouteille peut remplir plusieurs fois le gobelet.

1 Entoure en **vert** l'objet qui contient le plus d'eau et en **bleu** celui qui en contient le moins.

Avant / après

Conseil parents

Faites parler votre enfant sur les deux images, pour qu'il prenne conscience de la situation illustrée.

1 Sur chaque ligne, colle le chiffre 1 dans la case de l'image qui se passe avant et le chiffre 2 dans la case de l'image qui se passe après.

nombres

17

Le chiffre 5

Conseil parents

Demandez à votre enfant d'imaginer à quoi lui fait penser le chiffre 5, cela facilitera sa mémorisation : un crochet, un hameçon, une bouche ouverte...

1 Colorie tout l'espace où sont dessinés des cercles. Que vois-tu apparaitre ?

2 Passe ton doigt sur le chiffre **bleu**, puis écris **5**.

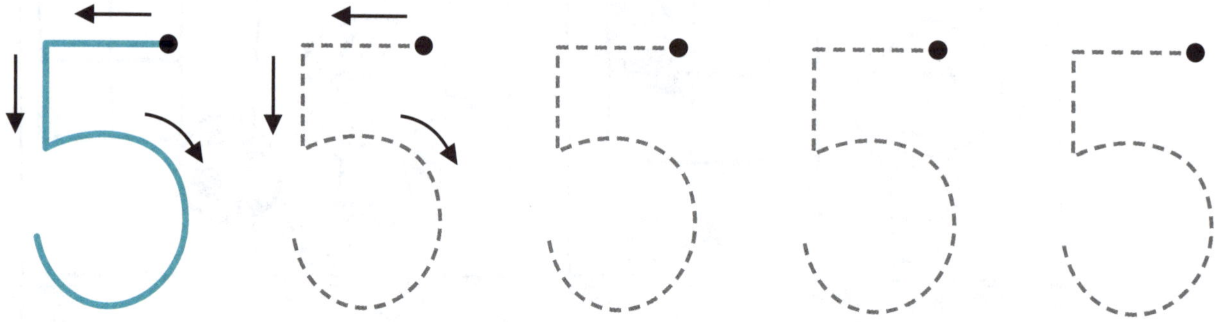

18 Compter jusqu'à 5

Conseil parents

Avant l'exercice, votre enfant peut compter ses propres doigts, puis les vôtres.

1 Compte les doigts sur les pattes des animaux et entoure ceux qui ont **5** doigts comme la petite fille.

19 Classer des objets selon leur masse

Conseil parents

Une fois qu'il a terminé son exercice, demandez à votre enfant les raisons de son choix.

1 Entoure sur chaque ligne le moyen de transport le plus lourd.

20 Suivre un chemin

Conseil parents

Dans un premier temps, guidez l'index de votre enfant en lui précisant qu'il doit rester sur le chemin et ne pas aller sur l'herbe.

1 Trace le chemin que doit suivre Boucle d'or pour rejoindre la maison des 3 ours.

21 La comptine numérique de 1 à 5

Conseil parents

Vous pouvez ensuite faire répéter cette comptine avec les doigts qui s'ouvrent au fur et à mesure.

1 Dis la comptine en imitant les personnages, puis colorie les visages.

Le 

est un coquin,

le 

fait les gros yeux,

le 

est tout en joie,

le 

n'aime pas se battre,

et le 

fait le singe !

p. 7

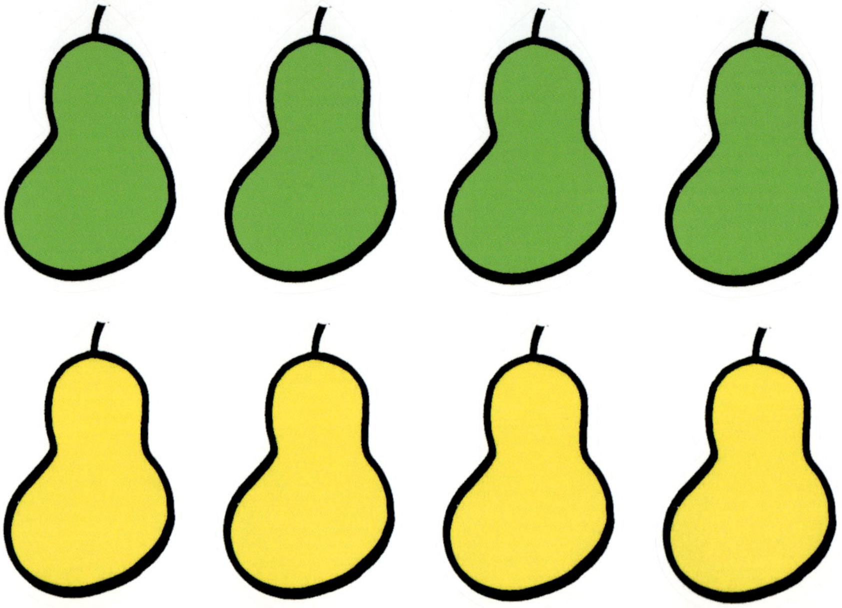

p. 9

p. 11

p. 19

1	1	1
2	2	2

p. 14

p. 25

p. 26

p. 30

p. 30

p. 31

p. 32

p. 34

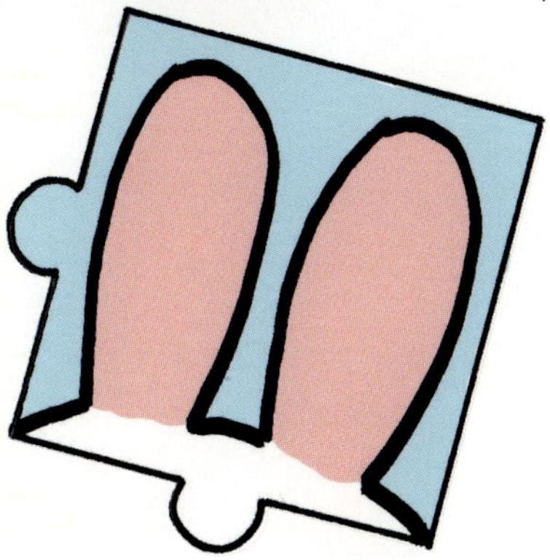

p. 39

p. 41

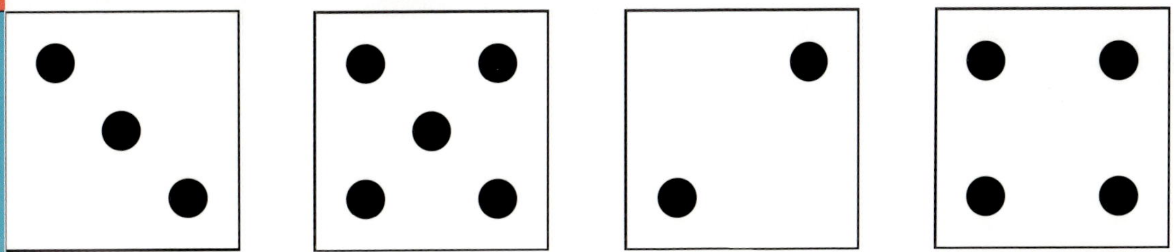

p. 43

p. 45

22

Compter des objets

Conseil parents

Pour réussir cet exercice, votre enfant doit comprendre la notion de distribution. Demandez-lui de mettre la table en positionnant une fourchette à côté de chaque assiette.

1 Regarde le premier bananier : il y a une banane pour chaque singe. Sur les autres bananiers, colle le bon nombre de bananes pour que chaque singe en ait une.

23

Reconnaitre le cercle et le carré

Conseil parents

Si votre enfant ne fait pas bien la différence, proposez-lui de réaliser un bracelet avec des perles rondes et carrées. Une autre possibilité est de faire un chemin avec des objets ronds (boutons, pièces) et des objets carrés (morceaux de carton).

1 Sur les deux premiers bracelets, colorie les carrés en **jaune** et les cercles en **bleu**. Pour le troisième bracelet, colle les carrés **bleus** sur les carrés et les cercles **jaunes** sur les cercles.

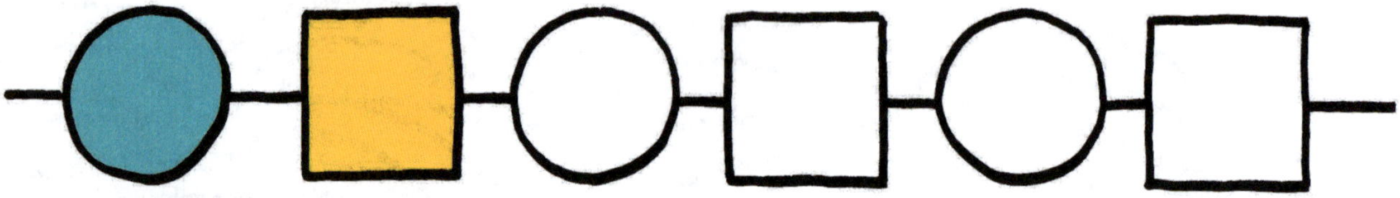

24

Jour / nuit

Conseil parents

Demandez à votre enfant ce qu'il fait le jour et ce qu'il fait la nuit.

1 Relie à la lune ce que l'on fait la nuit et au soleil ce que l'on fait le jour.

Compter sur ses doigts

Conseil parents

Vous pouvez d'abord réaliser cet exercice avec vos mains. Levez un à cinq doigts sur une main et demandez à votre enfant de déplier, tout en comptant, le même nombre de doigts sur votre autre main.

1 Relie ensemble les mains qui montrent le même nombre de doigts.

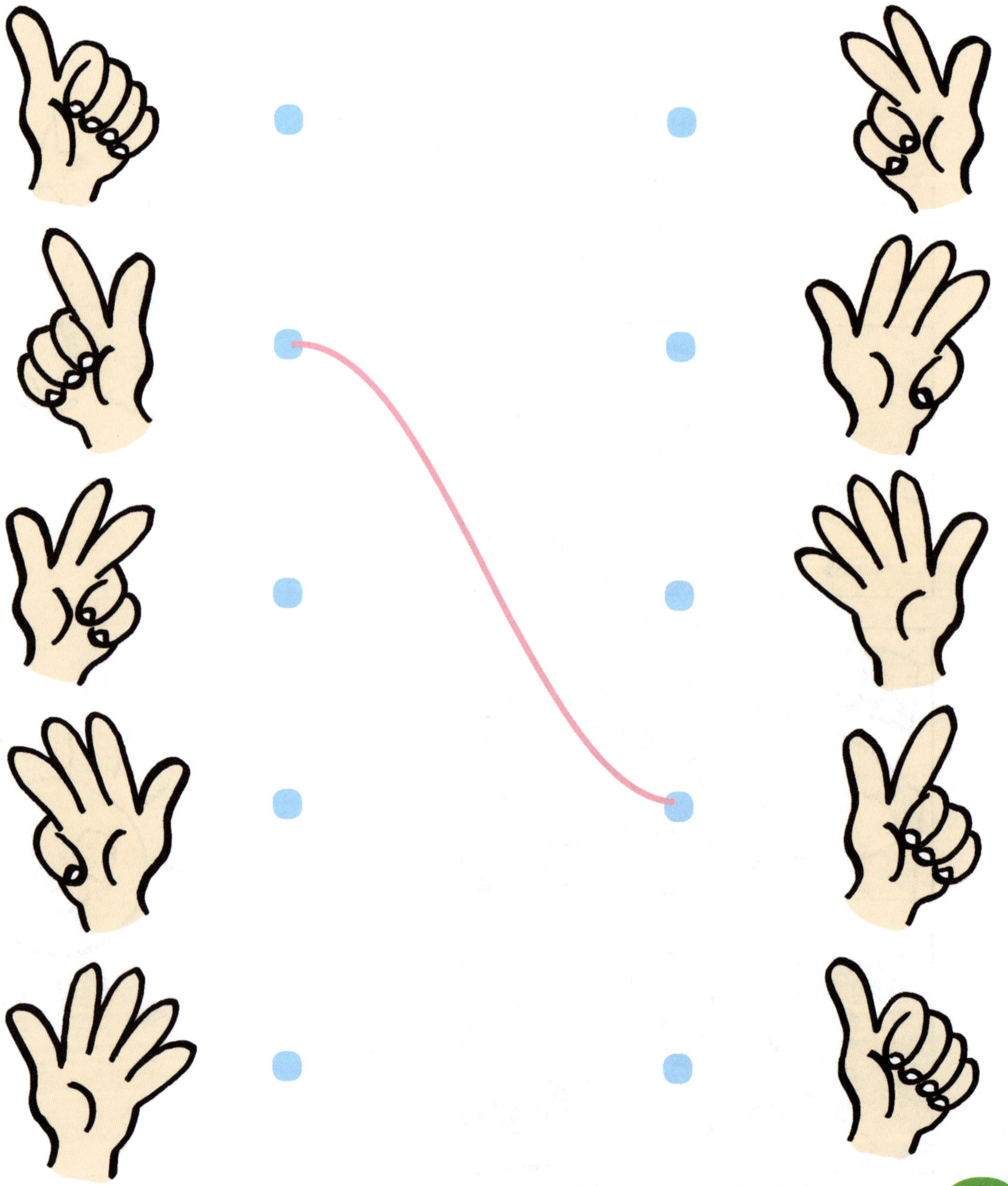

26 Comparer deux ensembles : plus que

Conseil parents

Vous pouvez réaliser cet exercice à l'infini avec des bonbons, des jetons, en différenciant plus ou moins les deux quantités.

1 Dis s'il y a autant de souris que de chats, s'il y en a plus ou s'il y en a moins.
Colorie les animaux qui sont les plus nombreux.

Différencier des objets selon leur forme

Conseil parents

Utilisez la lumière du soleil ou d'une lampe pour créer des ombres avec vos mains, des objets ou des jouets. Faites remarquer à votre enfant ce que l'ombre de chaque objet a de particulier.

1 Regarde bien les ombres des animaux.
Colle chaque animal sur l'ombre qui lui correspond.

Passé / présent

Conseil parents

Vous pouvez demander à votre enfant s'il a d'autres exemples d'objets ou d'évènements appartenant au passé.

1 Colle un sens interdit sur ce qui n'existe plus de nos jours.

nombres

29 Les constellations du dé

Conseil parents

Avant de faire cet exercice, n'hésitez pas à jouer aux petits chevaux ou tout autre jeu demandant un déplacement sur des cases avec un dé.

1 Colorie le nombre de cases indiqué par chaque dé.
Quel hibou a gagné ? Colle à côté de lui la coupe du vainqueur !

30 Comparer deux ensembles : autant que

Conseil parents

Récupérez deux boites d'œufs vides. Déposez dans l'une d'elles un à quatre objets (jetons, billes…). Demandez à votre enfant d'en mettre autant dans l'autre.

1 Relie les nids aux boites qui contiennent autant d'œufs.

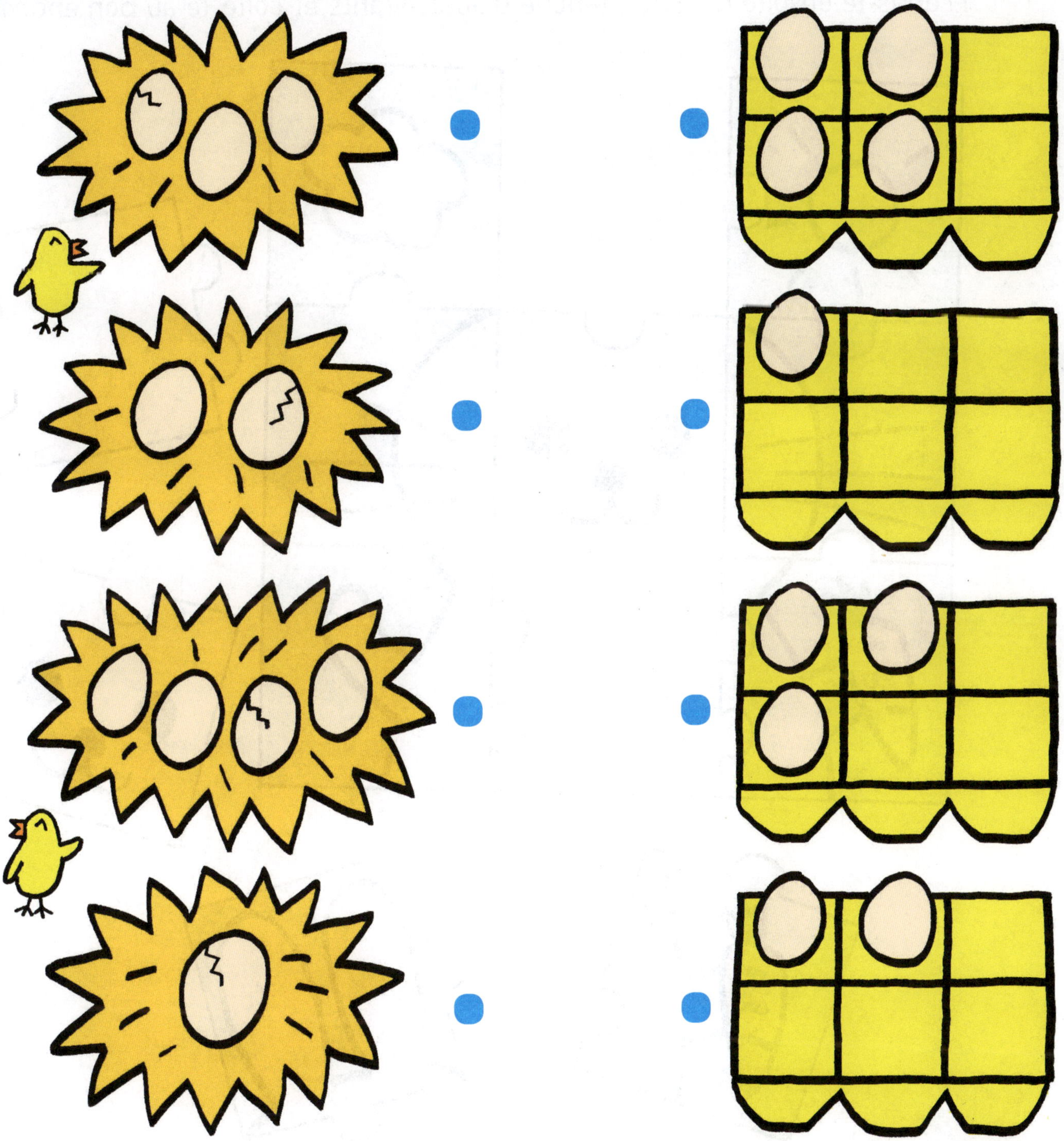

31 Compléter un puzzle sans modèle

Conseil parents

Pour aider votre enfant, faites-lui nommer chaque pièce. Demandez-lui si elle est déjà placée dans le puzzle.

1 Cherche et montre le morceau qui manque au lapin.
Prends-le ensuite dans ta planche d'autocollants et colle-le au bon endroit.

32 Se repérer dans un labyrinthe

Conseil parents

Dans un premier temps, réalisez cet exercice avec l'index de l'enfant. Il doit bien comprendre que les traits représentent des murs infranchissables.

1 Aide Nina à rejoindre sa maison.
Trace son chemin.

33 La bande numérique

Conseil parents

Une fois l'exercice fini, demandez à votre enfant d'expliquer son choix.

1 Entoure la quantité indiquée par le chiffre à l'aide de la bande numérique.

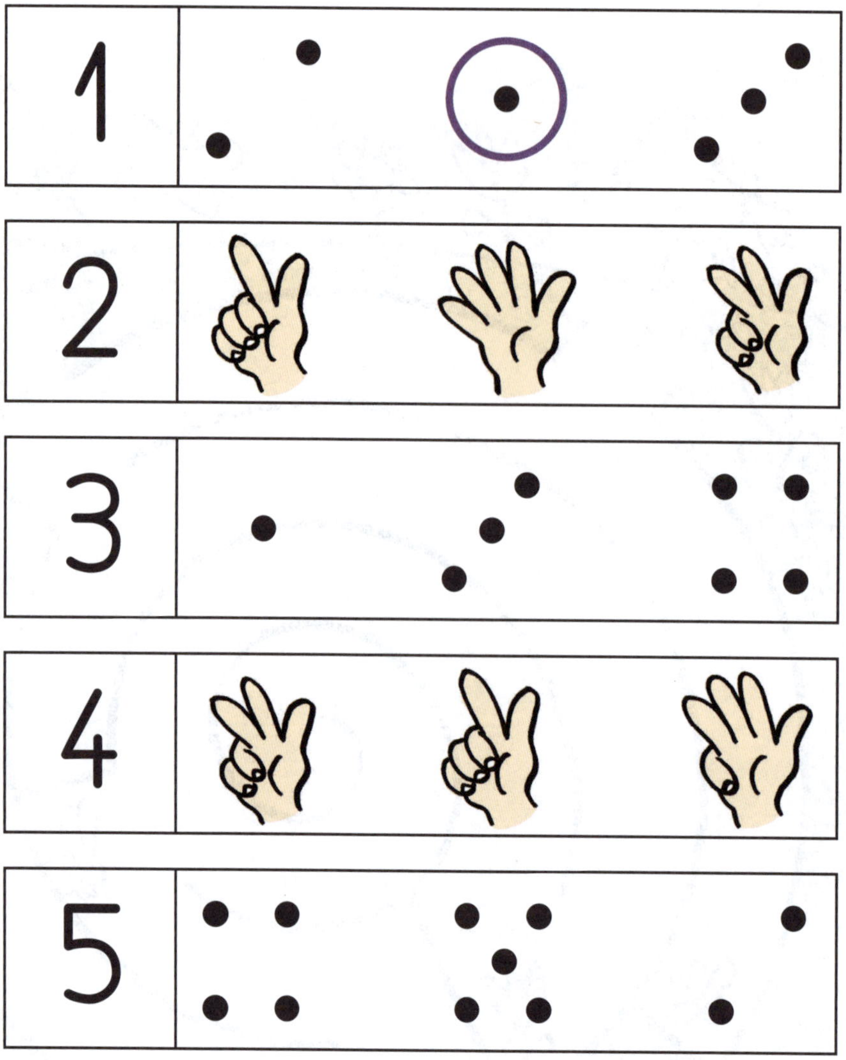

34

Associer doigts et quantités

Conseil parents

Pour plus de facilité, votre enfant peut compter les hiboux sur les doigts de sa main droite. Il peut alors retrouver la main identique parmi celles de la colonne de droite.

1 Relie les hiboux à la main qui correspond. Tu peux t'aider de la bande numérique.

Continuer un rythme

Conseil parents

Dans un premier temps, faites verbaliser à votre enfant ce qu'il doit dessiner. En effet, il arrive parfois qu'entre la pensée et sa réalisation l'enfant oublie.

1 Continue de décorer les créneaux et la porte du château en suivant le modèle.

Entre

Conseil parents

Disposez des peluches en ligne sur le lit de votre enfant. Demandez-lui de placer son doudou entre deux peluches précises.

1 Entoure les oiseaux qui sont entre les deux montgolfières.
Colle trois oiseaux **gris** entre le nuage et le soleil.

Reconnaitre les chiffres

Conseil parents

Procédez par étape : demandez d'abord à votre enfant de vous montrer un chiffre et de le nommer. Il peut alors choisir une couleur et colorier toutes les étoiles portant ce chiffre.

1 Colorie de la même couleur les étoiles qui portent le même chiffre.

38

Associer dés et quantités

Conseil parents

Afin de ne pas oublier le comptage des poissons, votre enfant place son index sur la bonne colonne de la bande numérique en bas de page.

1 Compte les poissons et colle à côté de chaque aquarium le dé qui correspond.

1	2	3	4	5

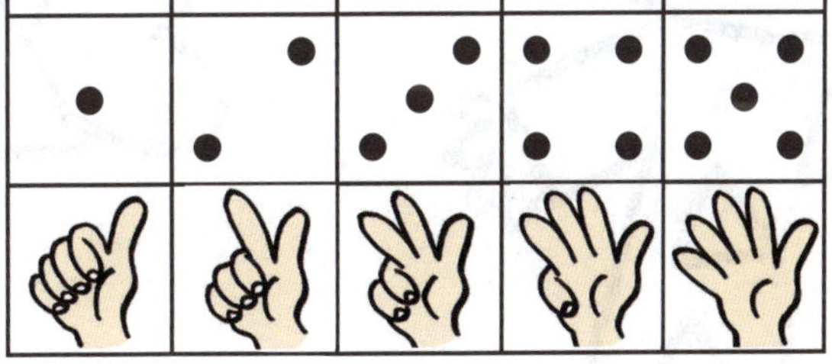

39

Classer des objets selon leur forme

Conseil parents

Demandez à votre enfant de nommer d'abord la forme de chaque chapeau (carré, cercle, triangle). Il pourra ensuite vous montrer le nœud papillon de même forme. Dans un troisième temps, il pourra les relier.

1 Relie chaque clown au nœud papillon qui a la même forme que son chapeau, puis colorie-les.

Comparer des durées

Conseil parents

Pour chaque situation, demandez à votre enfant ce qui se passe et quelle est l'action qui dure le plus longtemps.

1 Dans chaque situation, colle l'horloge sur celle où l'action dure le plus longtemps.

nombres

41

Connaitre l'ordre des nombres

Conseil parents

Avant chaque trait, demandez à votre enfant : « Après le 1, qu'est-ce qu'il y a ? », « Après le 2, qu'est-ce qu'il y a ? » etc.

1 Relie les nombres dans l'ordre pour découvrir ce qui manque à la chouette. Tu peux la colorier !

1	2	3	4	5

42 Associer nombres et quantités

Conseil parents

Dans un premier temps, l'enfant peut placer des petits objets (pièces, bonbons, jetons) dans chaque case pour visualiser la quantité demandée.

1 Colle le nombre de cadeaux dont rêve chaque enfant.

43

Ranger des objets selon leur taille

Conseil parents

Demandez à votre enfant comment sont les ours : petits, moyens, grands ? De même pour les chaises. Il pourra ensuite les associer deux par deux.

1 Relie chaque ours à sa chaise.

44 Remettre des images dans l'ordre

Conseil parents

Avant de colorier les cases, votre enfant peut vous raconter l'histoire dans l'ordre grâce aux images.

1 Remets les images dans l'ordre en coloriant les cases de **1** à **4**.

1	2	3	4

1	2	3	4

1	2	3	4

1	2	3	4

Coloriage

Colorie la chouette en suivant le code :

1 2 3 4 5